Nicolas Nogaret

L'OR

« L'artiste, le vrai artiste, le vrai poète,
Ne doit peindre que selon ce qu'il voit et qu'il sent.
Il doit être réellement fidèle à sa propre nature. »

Salon de 1859
Charles Baudelaire

La poésie n'est pas forcément du vers, des rimes...
Un poème est une tentative de nous ouvrir les yeux
Pour voir ce qu'on ne regarde plus.

Jean Cocteau, (1889 - 1963)
Poète Français

« Quand on est à la croisé des chemins, on le devine toujours,
Quelque chose en nous ne sonne plus juste,

On pressent qu'il est temps
D'entrer dans sa véritable histoire. »

Anne Ducrocq
Le courage de changer

Ma doctrine est la suivante :

Vis de telle sorte que tu puisses désirer vivre encore,
Comme si c'était ton devoir car, de toute façon,
Tu vivras de nouveau !...

La question à laquelle tu devras répondre
Pour chaque acte que tu as commis :

« Serais-je prêt à le refaire
Un nombre incalculable de fois ? »

Est le meilleur test...

Marquons nos vies du sceau de l'éternité !...

...Nous devons enraciner l'Amour de la Vie,
L'Amour de la propre Vie de tout Homme,
De toutes les façons possibles !...

Cette Vie-ci est ta Vie éternelle ! »

Extrait de l'éternel retour,
Friedrich Nietzsche (1844-1900),
Philosophe Allemand

Merci à Reynal M.

Merci à Nolwenn L.

Merci à Jérôme B.

Merci à Christopher C.

Merci à Frédéric T.

Merci à Ikato

Merci à Nicolas L. et Olivier N.
Et à tous ceux qui ont lu ou entendu mes poèmes,

Vous avez éveillé en moi
L'envie, le courage et la détermination,
De donner le meilleur de moi-même pour les partager.

Merci à Laurence, Marion, Dominique et à Ingrid

Vous m'avez aidé bénévolement sans me connaitre,
Ce qui rajoute un peu plus de cachet à ce livre,

Merci aussi à Aurélie, Juliette et Romane
Ainsi qu'à Agnès et Michel.

Merci aux Artistes et à tous ceux qui œuvrent
Pour un Véritable Monde
D'Amour, de Paix et d'Harmonie.

Table des poèmes

« Un enfant nous renseigne sur l'Amour
Que nous avons reçu et sur celui que nous donnons »

Gyalwa Dokhampa

Je Dédicace ce Livre

À tous les Enfants du Monde,
À tous les Adultes qui ont été des Enfants,
Et a tous les futurs Parents et Accompagnants.

Table des poèmes

B. <u>La Voix de l'Enfant</u> p. 47

C. <u>Les Accompagnants</u> p. 63

La Déclaration Des Droits de l'Enfance

20 Novembre 1959 (texte intégral)

« De tous les cadeau fait à la race humaine,
Quoi de plus doux pour un être humain
Que ses enfants ? »

Cicéron (106-43 av JC)

Déclaration des Droits de l'Enfant

Considérant que,
Dans la Charte, les peuples des Nations unies ont proclamé
À nouveau leur foi dans les droits fondamentaux de l'Homme
et dans la dignité et la valeur de la personne humaine,
Et qu'ils se sont déclarés résolus à favoriser
Le progrès social et à instaurer de meilleures conditions de vie
dans une liberté plus grande,

Considérant que,
Dans la Déclaration universelle des droits de l'Homme,
Les Nations unies ont proclamé que chacun peut se prévaloir
de tous les droits et de toutes les libertés qui y sont énoncés,
sans distinction aucune, notamment de race, de couleur,
De sexe, de langue, de religion, d'opinion politique
Ou de toute autre opinion, d'origine nationale ou sociale,
De fortune, de naissance ou de toute autre situation,

Considérant que l'enfant, en raison de son manque
De maturité physique et intellectuelle,
A besoin d'une protection spéciale et de soins spéciaux,
notamment d'une protection juridique appropriée,
Avant comme après la naissance,

Considérant que la nécessité de cette protection spéciale
A été énoncée dans la Déclaration de Genève de 1924
Sur les droits de l'enfant et reconnue
Dans la Déclaration Universelle des droits de l'Homme
Ainsi que dans les statuts des institutions spécialisées
Et des organisations internationales qui se consacrent au
bien-être de l'enfance,

Considérant que l'Humanité se doit de donner à l'enfant le meilleur d'elle-même, l'Assemblée générale proclame la présente Déclaration des droits de l'enfant Aain qu'il ait une enfance heureuse et bénéficie, dans son intérêt comme dans l'intérêt de la société, des droits et libertés qui y sont énoncés; **Elle invite les parents, les hommes et les femmes à titre individuel, ainsi que les organisations bénévoles, les autorités locales et les gouvernements nationaux,** À reconnaître ces droits et à s'efforcer d'en assurer le respect, Au moyen de mesures législatives et autres adoptées progressivement, en application des principes suivants :

Principe premier :

L'enfant doit jouir de tous les droits énoncés Dans la présente Déclaration.

Ces droits doivent être reconnus à tous les enfants sans exception aucune, et sans distinction ou discrimination fondées sur la race, la couleur, le sexe, la langue, la religion, les opinions politiques ou autres, l'origine nationale ou sociale, la fortune, la naissance, ou sur toute autre situation, que celle-ci s'applique à l'enfant lui-même ou à sa famille.

Principe 2 :

L'enfant doit bénéficier d'une protection spéciale

Et se voir accorder des possibilités et des facilités par l'effet de la loi et par d'autres moyens, afin d'être en mesure de se développer d'une façon saine et normale sur le plan physique, intellectuel, moral, spirituel et social, dans des conditions de liberté et de dignité. Dans l'adoption de lois à cette fin, l'intérêt supérieur de l'enfant doit être la considération déterminante.

Principe 3 :

L'enfant a droit dès sa naissance à un nom et à une nationalité.

Principe 4 :

L'enfant doit bénéficier de la sécurité sociale,
Il doit pouvoir grandir et se développer d'une façon saine;
À cette fin, une aide et une protection spéciale
Doivent lui être assurées ainsi qu'à sa mère,
Notamment des soins prénatals et postnatals adéquats.

L'enfant a droit à une alimentation, à un logement,
À des loisirs et à des soins médicaux adéquats.

Principe 5 :

L'enfant physiquement, mentalement ou socialement désavantagé doit recevoir le traitement, l'éducation
Et les soins spéciaux que nécessite son état ou sa situation.

Principe 6 :

L'enfant, pour l'épanouissement harmonieux de sa personnalité, A besoin d'amour et de compréhension.

Il doit, autant que possible, grandir sous la sauvegarde et sous la responsabilité de ses parents et, en tout état de cause, dans une atmosphère d'affection et de sécurité morale et matérielle ; L'enfant en bas âge ne doit pas, sauf circonstances exceptionnelles, être séparé de sa mère.

La société et les pouvoirs publics ont le devoir de prendre un soin particulier des enfants sans famille ou de ceux qui n'ont pas de moyens d'existence suffisants.

Il est souhaitable que soient données aux familles nombreuses des allocations de l'État ou autres pour l'entretien des enfants.

<u>Principe 7</u> :

L'enfant a droit à une éducation qui doit être gratuite Et obligatoire au moins aux niveaux élémentaires.

Il doit bénéficier d'une éducation qui contribue à sa culture générale et lui permette, dans des conditions d'égalité de chances, de développer ses facultés, son jugement personnel et son sens des responsabilités morales et sociales, et de devenir un membre utile de la société.

L'intérêt supérieur de l'enfant doit être le guide de ceux qui ont la responsabilité de son éducation et de son orientation cette responsabilité incombe en priorité à ses parents.

L'enfant doit avoir toutes possibilités de se livrer À des jeux et à des activités récréatives, qui doivent être orientés vers les fins visées par l'éducation ; La société et les pouvoirs publics doivent s'efforcer de favoriser la jouissance de ce droit.

<u>Principe 8</u> :

L'enfant doit, en toutes circonstances,
Être parmi les premiers à recevoir protection et secours.

<u>Principe 9</u> :

L'enfant doit être protégé contre toute forme de négligence, de cruauté et d'exploitation,

**Il ne doit pas être soumis à la traite,
Sous quelque forme que ce soit.**

L'enfant ne doit pas être admis à l'emploi
Avant d'avoir atteint un âge minimum approprié;

Il ne doit en aucun cas être astreint ou autorisé
À prendre une occupation ou un emploi qui nuise
À sa santé ou à son éducation, ou qui entrave
Son développement physique, mental ou moral.

Principe 10 :

L'enfant doit être protégé contre les pratiques
qui peuvent pousser
à la discrimination raciale,
à la discrimination religieuse
Ou à toute autre forme de discrimination.

Il doit être élevé dans un esprit de compréhension,
De tolérance, d'amitié entre les peuples,
De paix et de fraternité Universelle,
Et dans le sentiment qu'il lui appartient de consacrer
Son énergie et ses talents au service de ses semblables.

Les Dix principes Des Droits de l'Enfant

1/ Le droit à l'égalité, sans distinction de race,
De religion ou de nationalité.

2/ Le droit à une attention particulière pour son
développement physique, mental et social.

3/ Le droit à un nom et à une nationalité.

4/ Le droit à une alimentation, à un logement
Et à des soins médicaux appropriés.

5/ Le droit à une éducation
Et des soins spéciaux Quand il est handicapé mentalement ou
physiquement.

6/ Le droit à la compréhension et à l'amour
Des parents et de la Société.

7/ Le droit à l'éducation gratuite
Et aux activités récréatives.

8/ Le droit aux secours prioritaires
En toutes circonstances.

9/ Le droit à une protection contre toute forme
De cruauté, de négligence et d'exploitation.

10/ Le droit à la formation dans un esprit
De solidarité, de compréhension, d'amitié
Et de justice entre les peuples.

« Vos chances d'être élu président,
D'écrire le meilleur roman du monde,
De gagner un million de dollars,
D'arrêter la pollution,
D'abolir les conflits raciaux
Ou même de sauver le monde sont nulles.

Bien que vous soyez apte à vous lancer tous ces défis,
le seul qui soit de la plus haute importance,
C'est celui d'être un bon parent. »

Landrum Bolling

Préface de l'Or

« Montrer qui l'on est réellement
Est la plus belle preuve d'Amour que l'on puisse partager
et témoigner à son enfant. »

Thierry Janssen

L’Or

J’ai écrit ce livre de poésie comme une boite de chocolat que je pourrais ouvrir de temps en temps pour me rappeler ce qui est essentiel dans ma vie. C’est ainsi que les poèmes que je vous partage représentent à la fois des repères et des rappels.

Dans le monde actuel, j’ai cette triste impression que la souffrance entraine dérèglements et dysfonctionnements dans notre façon d’être et sur notre environnement. Je trouve qu’elle a pris le dessus (à force de la nourrir et/ou de la fuir) sur nos vertus innées mais aussi sur celles que nous avons besoin de cultiver, si nous souhaitons créer ensemble, un monde ressemblant à un paradis sur Terre.

Après un tel constat, la question que je me pose est :
« Comment créer un paradis, si nous n’en connaissons ni les formes, ni les couleurs ? »

En étant honnête sur nos véritables besoins et en clarifiant les valeurs que nous souhaitons voir rayonner en ce monde.

De plus, selon notre histoire, nos expériences et nos traumatismes, une myriade de défenses, de fonctionnements et de logiques, ont pris place en nous, et ceux-ci ne tendent pas toujours vers la création d’une union mais vers la division.

Aujourd’hui, nous avons tout à notre disposition pour transformer notre ignorance en lumière. (livres, internet…) Alors pourquoi n’avons-nous toujours pas mis en place des pratiques qui nous unissent, au lieu de nous séparer ?

Le chemin de la connaissance de soi ce fait parfois seul, d'autre fois accompagné. Alors n'oublier jamais que si vous savez observer les étoiles et vous en inspirer, vous serez toujours capable de suivre votre cœur et votre intuition.

N'écouter pas ceux qui disent que le bien et le mal n'existe pas, ils existent tous les deux. Vous pouvez apprendre à les distinguer afin de choisir lequel des deux vous voulez nourrir.

Pour éclairer mon propos, je vous conseille d'aller lire p.44 la légende Amérindienne des deux loups.

Pour en revenir au livre, j'ai voulu qu'il soit comme un phare au milieu de l'Océan, pouvant nous éclairer, quand nous traversons de sombres et longues nuits.

Je peux vous assurer que ce phare est bâti avec du temps, de la recherche, des expériences et beaucoup d'amour. C'est ainsi que j'espère du fond de mon cœur, qu'il pourra un jour être utile à quelqu'un comme une boussole.

Une boussole exigeant de ceux qui l'utilisent d'apprendre à se connaitre, afin de découvrir les pratiques et les outils leur convenant, pour les amener vers l'union, et l'autonomie.

La connaissance est souvent très jolie sur le papier mais il faut à un moment donné, se confronter au réel en faisant nous-même nos propres expériences. Il n'y a que de cette façon que nous pouvons savoir si celle-ci nous fait du bien et fonctionne.

C'est l'humble prix à payer pour caresser le bonheur et œuvrer concrètement pour la paix.

Développer des capacités nous permettant de donner et de recevoir de l'Amour n'est-ce pas un but intéressant ?

Après un long temps d'observation et d'analyse de mes diverses expériences, j'ai réalisé que ce monde manquait cruellement d'Amour, non pas parce qu'il ne veut pas aimer mais parce qu'il ne sait plus comment aimer.

Pour moi, l'Amour est la seule vérité, la seule raison qui donne à la vie un sens et la seule étoile qui peut nous guider. C'est une énergie qui souhaite ardemment être partagée pour notre bien-être mais aussi celui des autres.

Voilà la seule révolution qui mérite d'être mené à bien.

Pour finir, je souhaite à chacun de créer ses propres repères ou rappels en lien avec ses besoins, tout en respectant la Vie, le Vivant et la Nature.

Pour que les valeurs qui nous ont été transmise ou que nous avons choisies une fois adulte, soient telles des directions qui nous guident vers ce que nous désirons vivre dans nos vies, nos familles, nos sociétés et le monde.

" Soyez le changement
Que vous souhaitez voir en ce monde"

Gandhi

"Il faut toujours viser la lune, car même en cas d'échec,
On atterrit dans les étoiles"

Oscar Wilde

« J'ai pesé chaques mots de ce livre
Sur la balance de mon cœur. »

Nicolas Nogaret

Conseils de Lecture

La lecture Émotionnelle consiste à accueillir l'émotion

(Tristesse, joie, colère, dégoût, mépris, surprise…)

Que peut vous procurer, un mot, une phrase, un poème, Sans jugement, ou censure, en la laissant vous traverser avec une bienveillance, vous connectant à votre intimité.

La lecture Technique se concentre sur la beauté des formes du poème : les mots utilisés, le nombre de syllabes, le sens et la cohérence des vers ainsi que leurs sonorités, leurs fluidités et les rimes.

La lecture Musicale met en évidence le travail de façonnement et de musicalité, elle permet d'apprécier pleinement l'élégance, la créativité, la puissance et la profondeur d'un poème.

Écouter ou interpréter un poème sont deux expériences totalement différentes, je vous conseille donc de ne pas hésiter à vous lever, respirer profondément et vivre l'expérience d'une interprétation à haute voix, puis d'aller demander à quelqu'un de vous lire à voix haute le même poème.

C'est un cadeau formidable que vous vous offrirez !

Maintenant, c'est à vous de jouer, Bon Voyage !

« L'éducation est l'arme la plus puissante
Pour changer le monde »

Nelson Mandela

I. L'OR

« Si nous souhaitons atteindre la vraie paix en ce monde,
C'est avec les enfants qu'il nous faut commencer. »

Gandhi

« La Vie est un Don, celui de l'Amour,
Et il ne nous demandera jamais rien en retour. »

Nicolas Nogaret

Le Trésor des Alchimistes

J'ai gardé au fond de moi,
Les parchemins de nombreux secrets,

Qui remplissent les feuillets, de mes livres intimes,
Tels les indices d'un chemin, aux somptueux faits sublimes,
Qui tissent en mon destin, les fibres d'un idéal.

J'ai gardé au fond de moi,
Le souvenir de nombreux intérêts,

Me révélant les prémices, d'un sourire idyllique,
Dessinant les esquisses, de jeux aux spasmes poétiques,
M'élevant jusqu'à nourrir, l'enthousiasme de ma flamme.

J'ai gardé au fond de moi,
Les effets de nombreux progrès,

Dansant avec mon triste sommeil, aux vœux vertueux,
S'immisçant à jamais, dans mes efforts silencieux,
Dont l'or abstrait, s'éveille en mon âme.

La Voix de l'Or Intérieur

Nos corps anoblis sous l'autel des conditions,
Ont sous leur peau inscrit, le sceau d'une vibration,
Dont la conscience spirituelle, sans écrin, ni faux bonds,
Est une essence immatérielle, établie sans aucun nom.

Nous servant ainsi à développer, un fabuleux lien subtil,
Aux somptueux desseins, dessinés d'une main habile,
Pour réapprendre à chacun, d'être ravi de se rencontrer,
Afin d'apprendre qu'en notre destinée, toute vie est sacrée,

Et que nos dons sont un trésor à patiemment apprivoiser,
Car ils nous demandent l'effort, de vaillamment les chercher,
Telle la musicalité d'un accord, aussi aimant, qu'apprécié,
Dont beaucoup de ses ressorts, nous sont étrangement cachés.

Mais soyez sûrs et certains, que les voix du monde entier,
Sont profondément endeuillées par ceux ayant perdu leur voie,
Mais heureusement notre chemin, est constitué d'amitiés,
Qui nous incombent de veiller, sur le tissu de nos choix.

L’Or Sacré

C’est le haut de la cible,
Vers laquelle se tend la flèche,
Telle une eau, fière et sensible,
Mais cruelle envers les brèches,

Dont les possibles travers,
Aux imperfections royales,
Ne sont visibles à notre univers,
Qu’après un revers idéal,

Ainsi toutes les berges sont fluctuantes,
Pour qu’émerge l’or de notre traversée,
Telles des vierges aux flammes dansantes,
Qui enflamment de trésor, nos pensées,

Avec d’incessantes inspirations,
D’une puissante vitalité,
Tels des points d’exclamations,
D’une enivrante beauté,

Qui se dévoile sous la lumière verte,
Des splendeurs de nos énergies,
Dont les voiles se sont toutes ouvertes,
Pour la grandeur de notre magie,

Qui nous effleure de ses mystères,
Sur notre toile remplit d'esquisses,
Où de belles étoiles s'épanouissent
Telles des jolies fleurs du désert.

« Vos enfants ne sont pas vos enfants.
Ils sont les fils et les filles de la Vie
Qui a soif de vivre encore et encore.

Ils voient le jour à travers vous mais non à partir de vous.
Et bien qu'ils soient avec vous, ils ne sont pas à vous.

Vous pouvez leur donner votre amour
Mais non point vos pensées.
Car ils ont leurs propres pensées.

Vous pouvez accueillir leurs corps mais non leurs âmes.
Car leurs âmes habitent la demeure de demain
Que vous ne pouvez visitez même dans vos rêves.

Vous pouvez vous évertuez à leur ressembler,
Mais ne tentez pas de les rendre semblables à vous.
Car la vie ne va pas en arrière, ni ne s'attarde avec hier.

Vous êtes les arcs par lesquels sont projetés vos enfants
Comme des flèches vivantes.

L'Archer prend pour ligne de mire le chemin de l'infini
Et vous tend de toute sa puissance pour que ses flèches
s'élancent avec vélocité et à perte de vue.

Et lorsque sa main vous ploie,
Que ce soit alors pour la plus grande joie.
Car de même qu'il aime la flèche qui fend l'air,
Il aime l'arc qui ne tremble pas. »

Khalil Gibran, Le Prophète

« L'Âme serait "attirée"
Par un lieu, une famille, une histoire,
Sélectionnée pour permettre son évolution. »

Anne Givaudan

A. La Naissance d'une Vie

« Un nouveau-né n'est qu'une petite chose bruyante,
Légèrement déconcertante à la longue,
Sans signe distinctif évocateur…

Mais aux yeux de son entourage,
Il est sans conteste la chose la plus phénoménale,
La plus surprenante et vraiment sans précédent
Dans l'histoire de l'Humanité… »

Irvin S. Cobb

La Connexion Prénatale

Un sentiment irréel, nous questionne d'un écho,
Tel le frisson d'une intuition, se liant à notre présence,
Où fusionnent des nouvelles, à travers l'eau d'un réseau,
Nous reliant à des sensations, à écouter, en silence,

Car nos émotions si sacrées, sont d'une fragile lumière,
Demandant à notre attention, de trouver ainsi leur sens,
Dans les subtiles intentions, d'un beau destin millénaire,
Dont la main a façonné, les missions de nos essences,

Pour qu'enfin prolifèrent, les semences d'une graine,
Loin des fruits de la haine, et des violences de l'ignorance,
Car cet architecte s'affaire, à l'accomplissement d'un règne,
Qui se nourrit sans peine, des soins de notre bienveillance,

Dont l'influence s'émerveille, de réveiller en nos consciences,
Les couleurs d'un arc en ciel, aimant l'union et ses valeurs,
Dont l'affection est essentielle pour éveiller en nos existences,
Une danse du soleil, en relation avec nos cœurs.

Une Voix

L'Âme développe sa joie, pour une sublime conquête,
Suivant les voies si intimes, de son retour sur la terre,
Qui l'enveloppent des rimes, et des flammes d'une quête,
Qui croît avec foi, en un amour sans mystère,

Tel un écho qui se déploie, dans les montagnes de la vie,
Pour défier les chants du cygne, résonnant en l'univers,
Et rectifier les mots froids, des campagnes endormies,
Aimant se méfier des vignes, dont le sang nous éclair,

Pourtant il nous faut recueillir, cette immortelle substance,
Qui nous accompagne à accueillir, des larmes en nos mains,
Telle une compagne dont l'héroïsme, soutien notre existence,
Avec la belle eau d'un romantisme, qui charme nos matins.

La Main de Sance

Sance prend naturellement, la main de notre âme,
Quand soudain les mouvements, de la Terre nous interpellent,
Alors elle chante un refrain, qui soutient notre flamme,
Tout en ressentant l'instinct, d'une mère spirituelle,

Qui pour notre bien, nous emmène vers les chemins,
D'une vie originelle, aux sentiers évanouis,
Où tous nos matins, nous mènent à notre besoin,
D'œuvrer de nos mains, pour une nouvelle harmonie,

C'est ainsi qu'elle nous amène, à nous fier à elle,
Pour nous unifier dans la joie, de notre essence éternelle,
Car elle saigne face aux scènes, de nos souffrances réprimées,
Dont les traditionnelles lois, sont une vengeance exprimée !

Alors danse et chante les rituels, qui vont tous nous relier,
A l'esprit d'une passion, et bien d'autres consciences,
Même si ses mélodies perpétuelles, nous les avons oubliés,
Malgré notre affection, pour ses états de transe,

Où nos maux se transforment, en des grains de poussière,
Dans un flot de lumière, à l'indicible alchimie,
Pour que les desseins et les formes, d'une imprévisible prière,
Nous rallient à des sphères, sensibles à la vie.

Ainsi nos renaissances, seraient comme un voyage,
Où nous fertiliserions des liens, tissant notre confiance,
En les arrosant du sens, d'une dévotion et d'une bienveillance,
Dont l'amour si divin, œuvrerait pour cet ouvrage.

Consonances

Lentement je suis tiré, dans une atmosphère étrange,
A travers de chères parois, qui s'affairent à m'étouffer,
Quand j'entends soudain se propager, la prière des anges,
Qui se mélange à ma belle joie, telle une rivière sacrée.

Mais en une seconde mon corps, découvre l'effroi,
Qui recouvre mes accords, d'un fort cruel désarroi,
Et me couvre de l'inconfort, de ce monde qui fait des rois,
Et dans lequel j'éprouve le sort, d'un éternel hors la loi !

Mais un espoir subsiste, pour que je désir cette matière,
Quand j'aperçois en votre chaleur, les effets de vos envies,
Ainsi votre miroir existe, pour m'instruire à une lumière,
Où je perçois avec bonheur, le plaisir d'être en vie.

L'Avènement

Je suis le bienvenu, pour découvrir l'Humanité,
D'un monde devenu parfait, pour m'ouvrir aux vérités,
D'une paix qui sonde ma venue et sourit à mon intimité,
Dont les fruits sont un bienfait, pour ma façon d'aimer,

Ainsi je parviens dans l'inconnu, de servir mon bonheur,
Avec l'entrain d'une amitié, enfin résolue à s'exprimer,
Et à me responsabiliser, sur mon avenir et mon honneur,
Dont la grandeur me salue, car leur valeur est estimée.

Ainsi l'art contribue, à la magie d'une foi,
Dont le but spirituel, est dans nos cœurs depuis toujours,
Et qui restitue aux mortels, les couleurs d'une joie,
Reconstituant leurs ailes, avec l'énergie de leur Amour.

A la Lumière Tamisée

Il est prêt à sortir, dans l'aurore du matin,
Qui lui offre le plaisir, d'avoir des soins sur mesure,
Car l'à peu près est à bannir, pour le confort de ses besoins,
Tel un coffre que l'on veut ouvrir, sans casser la serrure.

Ainsi l'affection quotidienne, sera toujours un soutien,
Fait de belles intentions, équilibrant notre harmonie,
Telle une réelle aubaine, pour l'amour en nos mélodies,
Aux solennels sons, vibrants en nos destins !

C'est ainsi qu'une douce chaleur, doit sceller cette cérémonie,
Car elle pousse son petit cœur, vers le mouvement de la vie,
Qui nourrit de joie son bonheur, dans le bercement d'un lien,
Dont les sentiments ont la valeur, d'un baiser divin.

L'Accueil Chaleureux

Bienvenue à toi, l'ingénu, ta place est prête,
A cet endroit prévu, tout en haut de la Famille,
Car tu as atterri chez toi, dans un espace honnête,
Où les quêtes de cette tribu, sont une eau qui t'émoustille.

Ainsi nous sommes tous émues en ce jour de fête,
Après ce si long parcours, aux airs de détours célestes,
Dont la somme d'imprévus et de tours malhonnêtes,
Ont mis beaucoup d'amour, dans nos prières et nos gestes.

Tu possèdes la magie, d'émouvoir nos existences,
Car tu es un merveilleux don, né sous une voûte infinie,
Tu aides aussi nos énergies, et les vibrations de nos essences,
Et c'est pour cela que nous sourions, de t'avoir dans nos vies.

Le Cri d'un Ange

Mon chant est un trésor, aux fluctuations impétueuses,
Et lorsqu'il danse, c'est tout d'abord par prévoyance,
Car il m'assure ainsi le confort, de votre précieuse diligence,
Qui forgera une alliance, aussi intense que mélodieuse,

Car ma gorge est à disposition, de la mort de mes demandes,
Telle une ingénieuse réaction, pour mon déclin ou ma survie,
Vous alertant sur mes besoins, de réconfort ou d'être nourrit,
Quand mes délicieuses mains, prient pour de belles offrandes !

Ainsi ne me délaissez jamais, au bord de votre tendresse,
Car elle a de grands effets, sur l'esprit de ma flamme,
Et ne laissez jamais mon sort, en quête de vos promesses,
Car elles reflètent un accord, établit avec votre âme.

Une Berceuse

Endors-toi mon bel enfant, dans le creux de mes bras,
Enveloppe-toi dans tes rêves, berçant l'or de tes nuits,
Car dans l'ici et maintenant, tous mes vœux dit tout bas,
Sont des doux sons qui s'élèvent, et danseront dans ta vie,

Ainsi l'hymne de tes peurs comme celles de tes joies,
Sera digne de la splendeur, des belles rimes que tu diras,
Car tu sauras au fond de ton cœur, la valeur que tu as,
Celle d'un éclat créateur, qui s'affirme dans la foi,

D'une douceur intérieure aux faveurs intemporelles,
A la ferveur d'un amour, te nourrissant de mon affection,
Tel un poème fait des couleurs, de mes sentiments immortels,
Qui dans la lueur du jour, t'aiment sans condition.

Souviens-Toi, l'inouï

Les Adultes oublient souvent, cette belle vérité,
Qu'ils ont été des enfants et de merveilleux bébés,
Issu du fabuleux abri, des espoirs d'une maman sacrée,
Dont tous les vœux prient, d'avoir la vertu de nous aimer,

Ainsi quand un nourrisson sourit,
Ce sont nos âmes qui enquêtent,
Sur la fusion de nos esprits,
La trame de notre quête,

Qui nous enlace dans l'alchimie,
De nos belles émotions en fête,
Qui s'embrassent tels des amis,
D'une affection honnête,

Dansant avec la candeur,
De la magie de l'innocence,
Et s'assemblant sous la grandeur,
D'une synergie si immense,

Qu'elle nous rappelle cette union,
Dans laquelle nos racines ensorcelées,
Nous interpellent avec passion,
Sur nos origines oubliées.

« Une naissance c'est l'opportunité,
De se découvrir autrement,
Pour développer sa capacité, d'aimer. »

Nicolas Nogaret

« Les bébés, les enfants,
Perçoivent les nuances dans la voix,
C'est là toute leur intelligence,

Certes ils ne comprennent sûrement pas les mots,
Mais ils en ressentent l'état intérieur,
L'émotion, les désirs invisibles de l'adulte. »

Françoise Dolto

« Nos jours sont tels des offrandes du destin,
Quand notre Amour peut tisser de ses mains,
Les « je t'aime » dont nous avons tous besoin. »

Nicolas Nogaret

« Nos enfants ne nous appartiennent pas…
Ils ne sont pas là pour nous
Mais pour être élevés par nous.

Ils ne sont pas là pour remplir nos vies
Et par conséquent, d'une certaine manière,
Effacer nos échecs.

Ils ne sont pas des instruments
Mais des âmes à chérir. »

Thomas Short

« Il faut apprendre à connaitre l'enfant
Et aucun éducateur ne saurait faire l'économie
D'une telle démarche. »

J. J. Rousseau

B. La Voix de l'Enfant

« Les enfants ne trichent pas :
C'est d'abord d'Amour qu'ils ont besoin,
Un Amour fait de vérité, de présence et de chaleur. »

T. Janssen

« Les enfants ont cette surprenante capacité de
Faire renaitre l'enfant qui est en vous.

Le plus extraordinaire c'est lorsqu'ils commencent
À pouffer de rire dans la voiture ou
À vous imiter en parlant à leurs poupées. »

Midge Ure.

Petite histoire Amérindienne :

« Un vieux chef Indien Cherokee utilisa une fable
Avec deux loups pour enseigner la vie à son petit-fils.

Il commença ainsi :
C'est un combat terrible qui se produit entre deux loups.

L'un est mauvais, il n'est que :

Colère, envie, tristesse, regret, avidité, arrogance,
Auto apitoiement, culpabilité, ressentiment, sentiment
d'infériorité, mensonges, Faux orgueil,
Sentiment de supériorité et ego.

Alors que l'autre loup, dit-il

Est bon, et n'est que joie, paix, amour, espoir, sérénité,
humilité, bonté, bienveillance, empathie, générosité,
Vérité, compassion et foi.

Selon le chef Indien, Ce combat terrible
Se passe aussi en toi, et à l'intérieur de chacun.

Le petit-fils demanda :

« Grand-père, lequel des deux loups va gagner? »

Le vieux Cherokee sourit et répondit :

« Celui que tu nourris».

Bienveillante Réciprocité

J'aime les alvéoles de tes vœux insouciants,
Avec leurs farandoles d'étoiles, aux fabuleuses envies,
J'aime quand elles se dévoilent, dans tes yeux innocents,
Au cœur d'une auréole, si précieuse pour ma vie,

Car elle m'apprend avec élégance, à être qui je suis,
Pour jouer sans paraitre, les notes de ma symphonie,
Qui surprend ma conscience, par son essence infinie,
Et me pousse à renaitre, pour être l'hôte de sa magie,

Ainsi sa joie me fait plaisir, tels les effets d'une danse,
Ou d'un regard dont le sourire, a les bienfaits d'une existence,
Qui me partage des souvenirs, dont la foi est une évidence,
Car elle se propage dans nos rires, pour épanouir la confiance.

Besoin d'Évolution

J'ai besoin de sentir, les remous de mes émotions,
Pour pouvoir les reconnaitre et savoir les apprivoiser,
J'ai besoin d'en voir les dires, les atouts et les fonctions,
Pour percevoir ainsi mon être, et me laisser l'exprimer.

J'ai aussi besoin de philosophie, où l'histoire de mes pensées,
Est une lumière qui éblouit, la nature de ma compréhension,
Et j'ai besoin de méthodologies, au savoir-faire de raisonner,
Avec des repères précis, qui structurent mes réflexions,

Pour pouvoir les développer et ainsi m'interroger,
Sur ce qui façonne mes avis et l'esprit de ma liberté,
Car savoir écouter tout en sachant dialoguer,
C'est avoir une autonomie, où résonne la vérité,

Mais la roue de mon évolution, a surtout besoin d'Amour,
A travers tous vos bisous et vos câlins plein d'affection,
Ainsi l'effet de vos mots doux, tel un soin de tous les jours,
Est l'eau de ma révolution, et l'air de mon ascension,

Dont les lois mesurent ici, les défis de mon aventure,
Où vivre est une vie, qui se confie à l'expérimentation,
Car elle délivre des messages, pour être libre de conclure,
Les progressions de mon voyage, dans un livre à mon nom.

Les Graines

Nos flammes se sont unies, à la trame de nos promesses,
Qui d'une magie complice avec nos âmes créatives,
Entament les belles esquisses, du nid de notre tendresse,
Qui enflamme nos énergies avec de réelles perspectives,

Qui dansent et s'enlacent, en notre espace sensible,
En donnant une grande place, au bonheur où elles s'arriment,
Tels des cœurs dont l'audace, ne rêve que d'impossible,
Quand s'élève en eux la grâce, d'une rime des plus intimes,

Qui veut à tout prix chanter, avec les anges de la vie,
Dansant pour nourrir, cette féerie à l'or étrange,
Nous encensant avec volupté, aux trésors d'une envie,
Enchantée de nous servir, pour que nos esprits changent.

Héritages

Dès ma naissance, je débute mon apprentissage,
Qui sculpte mon être, dans un nouvel environnement,
Dont les cultes ont conscience, d'être l'héritage,
De tous mes ancêtres, si éternels et vivants,

À travers mes rituels, mes prières et mes passions,
A travers tous mes repères et l'esprit de mes relations,
Dont tous les ministères sont en perpétuels évolution,
Tel un don naturel, qui serait le fruit d'une filiation,

Ainsi nous recevons, de très nombreuses transmissions,
Telles ces réactions instinctives, permettant de nous adapter,
Mais nous apprenons aussi, via une curieuse imitation,
Ayant l'ambition relative, de copier notre parenté.

<u>De Cœur à Cœur</u>

Partons coûte que coûte, vers nos émotions sublimes,
Sans une réaction qui les redoute, ou bien les incrimine,
En prenant le temps d'une écoute, à la posture magnanime,
Malgré la nature d'un doute, sur les refrains de leurs hymnes,

Car elles nous ramènent avec soin, à nos élans intimes,
Nous amenant à nos besoins, interpelant notre attention,
Qui nous mène au chemin, de savoir accueillir leurs rimes,
En développant l'instinct, de concevoir leurs expressions,

Et ainsi satisfaire, notre désir de communion,
En quête d'une compréhension, capable de bienveillance,
Révélant par cette compassion, une véritable union,
Fruit d'une relation, basée sur la confiance.

Bordure Dorée

Dire oui à tout est irréel, voire un mot répréhensible,
Quand il y a une mise en danger, sans miroirs, ni repères,
Ainsi ma terre est plongée dans des contes inaccessibles,
Quand ma vie émotionnelle, ne rencontre pas vos frontières,

Dès lors certains non, sont au cœur de mon évolution,
Quand je me sens fébrile, face aux fruits de mes frustrations,
Et si d'instinct, un de vos son, me menace d'une réaction,
Il terrasse de façon habille, chacunes de mes peurs sans nom,

C'est ainsi que vos interventions viennent à m'accompagner,
Surtout celles qui m'encadrent, et modèrent mes pulsions,
Et si vos intentions, sont aussi claires que proportionnées,
Elles deviennent ainsi le cadre, d'une belle scène d'affection.

Culture Sauvage

Il est important de simplifier, les explications savantes,
Pour permettre aux enfants de développer leur compréhension,
Et leur transmettre l'amitié, d'une sensation émouvante,
Les reliant intimement, aux beautés de leur raison,

Puis il y a l'enjeu de les réunir, dans des moments stimulants,
Fait pour prendre du plaisir, dans des jeux gagnant-gagnant,
Où ils vont apprendre à s'unir, pour coopérer en s'amusant,
Et ainsi découvrir, qu'à deux, nous sommes plus grands !

Mais comment vous décrire, que ses activités passionnantes,
Les dynamisent à réussir, et à enrichir leur liberté,
En formant en eux le désir, d'une entreprise fascinante,
Leur offrant de s'épanouir, dans la solidarité,

Ainsi leur Humanité, aux couleurs éclatantes,
S'animera pour des valeurs, si précieuses pour la vie,
Qu'elle inscrira dans leur cœur, une délicieuse symphonie,
Qui sera en vérité, celle d'une philosophie vivante.

La Saveur d'un Souvenir

Je suis friand des bienfaits, et des saveurs d'une friandise,
J'aime les effets exquis, des couleurs d'un bonbon,
Je suis gourmand des mets, aux sensations exquises,
Car mon bonheur est conquis, par les créations faites maison !

Telle une île flottante qui échoue, en mon ventre bien rond,
Ou l'offrande d'un péché mignon, qui fête ma gourmandise,
Car la roue de ma digestion, dont la quête sème des sons,
Aime les amandes et les choux, qui guettent ma surprise,

C'est ainsi que je succombe dans une crise indécente,
Pour toutes ses belles sucreries, aux prises si fascinantes,
Avec leurs goûts d'un paradis, dont l'entreprise est si tentante,
Qu'elles sont telles des bombes, à l'emprise succulente.

L’évidence Enfantine

Les enfants ont ce pouvoir, de se lier d’amitié,
Tel l’écho éternel, du langage de la confiance,
Qu’ils se partagent sans le savoir, en jouant à s’allier,
Tel un flot essentiel, dont l’espoir est immense,

Ainsi quand le ciel, de cet horizon fraternel,
S’ouvre de façon solennelle, par une invitation à être,
L’enfant y découvre, des relations exceptionnelles,
Dont les dons le recouvrent, d’un amour sans paraitre,

Telle une alliance naturelle, qui sème avec abondance,
Des vibrations animées, par un esprit de reconnaissance,
Renouvelant ainsi leurs ailes dans les bontés d’une expérience,
Dont l’action si parfumée, inscrit en nous, sa bienveillance.

Ainsi notre bonheur se rappelle, ses couleurs somptueuses,
À la valeur intemporelle, d’une splendeur délicieuse,
Séduisant les poètes, à l’effervescence immortelle,
Mais aussi les cœurs honnêtes, à l’incandescence irréelle.

La Magnificence des Enfants

Quand nos jours brillent, dans une curieuse maison,
Aux rieuses ressources, d'une famille d'exception,
L'amour pieu et subtil, d'une aventureuse pulsation,
Scintille telle la source, d'un somptueux tourbillon,

Où une gaieté fiévreuse, aux pulsions volubiles,
Est heureuse de songer, telle une reine ou un roi,
Si amoureux ou amoureuse de cette passion si utile,
Que j'en viens à plonger, dans le règne de sa voix,

Ainsi quand je m'aperçois, de son entreprise vertueuse,
Telle une mystérieuse escorte, qui sans cesse se déploie,
En une merveilleuse cohorte de promesses délicieuses,
Je réalise que la joie, est précieuse dans mes choix.

Apprends-Moi

Apprends-moi à m'ouvrir, pour marcher vers l'horizon,
Jusqu'à savoir découvrir, mes véritables missions,
Apprend moi à m'instruire, pour cultiver mes passions,
Jusqu' à pouvoir établir, de formidables relations,

Apprends-moi à acquérir, la capacité de nager,
Pour sourire à mon destin, dans l'océan de mes envies,
Apprends-moi à conquérir, l'agilité de pédaler,
Pour élargir les chemins, de mon environnement infini !

Apprends-moi à réagir, à mes instincts, mes pulsions,
Pour que j'agisse sans me fuir, à les maintenir encadrées,
Apprends-moi à me réjouir, de ce qui tient mes frustrations,
Pour que je puisse avec plaisir prendre le temps de me combler

Apprends-moi à identifier, l'ardeur de mes émotions,
Pour traduire la grandeur, de ressentir mes sentiments,
Apprends-moi la valeur, de les accueillir avec dévotion,
Pour me voir les exprimer, avec les couleurs de ce que sent,

Puis apprends-moi mes contours, aux limites sans retour,
Pour ne pas y avoir recours, quand je vais les transgresser,
Et ainsi m'assurer qu'un jour, j'évite dans mon parcours,
De me jouer des mauvais tours, qui me mettent en danger.

Apprends-moi à penser, et puis aussi à m'écrire,
Pour agrandir l'étroitesse, de mes réflexions inflexibles,
Apprend-moi à communiquer, et aussi à me décrire,
Pour que je respire la finesse, de mes inspirations sensibles,

Apprends-moi à coudre, pour réfléchir par moi-même,
En m'analysant pour dissoudre, les lois de mes problèmes,
Et apprends avec moi la foudre, de nos choix et nos dilemmes,
Pour enfin nous résoudre, à bâtir avec des « je t'aime » !

Apprends-moi à distinguer, l'égoïsme de la fraternité,
Pour avoir une voie éclairée, par un réalisme solidaire,
Apprends-moi aussi les effets, d'un idéalisme fait d'unité,
Où nos belles vérités seraient, d'un altruisme solaire !

Apprends-moi à tomber, avant de vaciller à mon insu,
Pour acquérir la fluidité, du flux de mon existence,
Apprends-moi à m'agenouiller, pour me relever dans la vertu,
Pour affermir une liberté, issue de ma conscience,

Apprends-moi à m'aguerrir, dans les tissus de la cohérence,
Pour me nourrir avec les fruits qui ensemencent tout mon ciel,
Apprends-moi à m'investir, pour faire fleurir ma présence,
Et embellir mon paradis, de semences si essentielles,

Mais surtout apprends-moi, à donner et à partager,
L'amour et la joie, qui sont pour toi, si sacrés,
Pour qu'ils soient mes repères, et mon identité,
Tel un don que je considère, comme notre éternité.

Jeux d'Enfants

La magie du paradis, est précieuse pour la marelle,
Tandis que le vice du colin-maillard, si heureux d'être éternel,
Crée dans les yeux des tout-petits de bien curieuses merveilles
Qui remplissent leur regard, d'un, deux ou trois soleils,

Tel ce jeu nous poussant dehors, pour courir nous percher,
Et chercher les tords d'un chat, qui nous servira d'allié,
Puis qui embrassera des débats, où la grâce nous est cachée,
Quand le désir d'un bel effort, sera pour ceux qui sont glacés,

Sans oublier les éperviers, près à sortir pour se sauver,
Ainsi que le désordre amusé, d'un cache-cache inoubliable,
Ou cette balle aux prisonniers, qui nous attire pour collaborer,
Et ainsi finir avec la corde à sauter, au panache incroyable !

« J’ai dû me rappeler que j’avais été un enfant,
Quand je suis devenu un accompagnant. »

N. Nogaret

C. <u>Les Accompagnants</u>

Ce que j’ai appris en élevant mes quatre enfants
Et cela s’applique probablement aussi
À nos autres relations humaines.

C’est qu’il n’y a pas de réponse type,
Pas de formule magique,
Pas de lignes directrices strictes,
Pas de schéma simple, pas de notice à suivre,
Pas de formule infaillible pour esquiver les difficultés,
Pas d’échappatoire aisée.

Il y a juste de l’Amour.

George Léonard

*J’ai changé mes Filles par mes Enfants

« La Terre protège et nourrit la graine,
Pour qu'elle puisse éclore au bon moment,
Mais en tant qu'être humain selon l'Or en nos veines,
Devenir un accompagnant cela s'apprend. »

Nicolas Nogaret

« Devenir parent change tout, je dis bien tout :

Votre façon de parler, de travailler, de dormir,
De conduire, de manger, de vous habiller, de penser.

La parentalité change votre posture, votre vie sexuelle,
Votre coupe de cheveu, votre vision de l'argent,
De la politique, de Dieu, de votre passé
Et du devenir de la planète.

Les enfants changent le sol où nous mettons les pas. »

Hugh O'Neill,
« Un homme appelé papa »

*J'ai changé Père par Parent et Paternité par Parentalité

Réciprocité Bienveillante

Dans l'expérience de ta quintessence,
J'aime le cœur de ta bienveillance,
J'aime la ferveur de ton essence,
Et l'élégance de ta conscience,

Dans la grâce de ton innocence,
J'aime la valeur de ta reconnaissance,
J'aime les faveurs de ton insouciance,
Aux dons qui tracent nos existences,

Ainsi l'honneur de notre confiance,
A la puissance de notre candeur,
Et la grandeur de notre présence,
Est un immense bonheur,

Car quand celles-ci vient à danser,
Elle a les couleurs d'une évidence,
Ayant une espérance, un peu rosée,
Dont les belles lueurs sont une chance.

L'Evolution Sacrée

Le jour de l'arrivée, d'un merveilleux nourrisson,
Il y a des cultures, où les parents sont émerveillés,
Par cette aventure sacrée, réveillant en eux une chanson,
Dont les enjeux sont de nature, à les préparer à s'éveiller,

Aux trésors d'entreprendre une ribambelle de transformations,
Où leurs peurs sont à surprendre et leurs fissures à accepter,
Dans un bel effort d'apprendre, de nouvelles compositions,
Où leur cœur peut descendre, leurs blessures misent de côtés,

Pour que les vœux de leur demande, louent tout ce qui est bon,
Et qu'ils renouent avec la passion, d'une exquise symphonie,
Qui se joue avec les partitions, d'une précieuse éducation,
Dont les délicieuses offrandes, respectent toutes les mélodies.

L'Union Progressive

C'est une alliance dessinée, par un drôle d'itinéraire,
Aux beaux atouts enracinés, en notre intelligence mutuelle,
Tel un flambeau prédestiné, à une vaillance si prospère,
Que ses semences sont destinées, à tous nos rôles mortels.

Nous amenant à nous initier, à l'art d'une révolution,
Aux regards d'une évolution tissant en nos cœurs des bienfaits
Lissant par cette amitié, nos égards pour des dispositions,
Nous menant à des décisions, s'investissant pour la paix !

C'est ainsi qu'en s'intéressant, à nos belles intentions,
Embrassant des pédagogies, à entreprendre avec le cœur,
Nous allons tendre en grandissant, à partager notre affection,
Pour étendre sur nos vies, une ribambelle de bonheurs.

Atmosphères

Quand ils m'éperonnent, avec la lance du désespoir,
Ou qu'ils me couronnent, avec de cruels lauriers,
Sans problème ils s'adonnent, à une malveillance si noire,
Qu'elle même s'abandonne, à des rituels meurtriers,

Maintenant en extension, mes sutures qui s'élargissent,
Et m'infligeant des meurtrissures dont l'expiation me déni,
M'affligeant l'expansion, de leurs blessures qui me rougissent,
En attendant de ma nature, que mes expressions la renient,

C'est ainsi qu'avec leurs lois, ils causent ma misère,
Et sèment en moi une foi, qui ne croit plus au paradis,
Est-ce ainsi que les rois, nous imposent leur atmosphère,
Sans qu'un poème nous octroi, le cœur même de la vie ?

Où le bonheur d'un choix, nous dirige vers l'éclosion,
De ce qui en nous érige des murs ou bien peut bâtir des ponts,
Et qui exige qu'une armure, entoure de raison nos émotions,
Afin de servir la joie, et les prodiges de l'union.

Métamorphoses

Pour écrire notre lignage, avec l'eau de l'indulgence,
Il nous faudra la diligence, d'établir un nouveau langage,
Qui va nous traduire le sens, des maux de notre ancrage,
Pour nous fournir des messages, à accueillir avec clémence,

Car nos différents corps blessés, par d'ignobles enragés,
Sont assez nobles pour renoncer, aux insignes de la mort,
Dont les signes insensés, désignent l'art de s'engager,
Dans un effort insoupçonné, que nous assigne notre sort,

Pour changer les schémas, de nos ennemis antérieurs.
En engrangeant en nous l'éclat, de ne pas les imiter,
Et ainsi nous arranger, à ne jamais être leur serviteur,
Pour nous ranger du côté, des amies de la vérité.

La Lune

Quand soudain des miasmes, infestent notre belle terre,
Pour créer l'enthousiasme, envers de nouvelles intentions,
Un doux fantasme se manifeste, dans l'air d'une intuition,
Marquée par de beaux gestes, aux instincts légendaires,

Telle la flamme d'une citation, aux révélations si sublimes,
Qu'elle enflamme par sa vibration, la vision de tout notre être,
Qui nous amène aux énigmes, de nos perceptions si intimes,
Qu'elles se déclament en nos rimes et en nos convictions secrètes.

Ainsi le calme de nos âmes, se change en une célébration,
Qui réclame notre présence, pour nos plus somptueux trésors,
Tandis que nos corps, nous clament, haut et fort avec passion,
Que le beau tienne séance, en nos plus fabuleux accords !

C'est ainsi que la lune acclame, nos sensations réprimées,
Confirmant notre impression, de devoir savoir les exprimer,
Pour pouvoir traduire nos émotions, avec un savoir estimé,
Car chacune de leurs expressions, désirent pouvoir aimer.

Lunaison

Quand soudain l'évidence, d'un courage infini,
Relie la Lune à l'essence, de son esprit sauvage,
Elle redevient aussi belle, qu'un orage en pleine nuit,
Loin de l'icône éternelle, d'une reine sans visage.

Elle retrouve ainsi son naturel, aux sources si uniques,
Dont la faune nous émerveille, par sa vie instinctive,
Et qui nous couve de ses ailes aux ressources fantastiques,
Où trône ce qui nous éveille, à sa magie intuitive,

Dans laquelle règne une énergie, à la douceur humaine,
Qui nous enseigne son hymne, d'une caresse en nos cœurs,
Telle la promesse d'un paradis, sans aucunes peurs, ni haine,
Où notre tendresse serait digne, de chacune de nos douleurs.

Le Soleil

Quand le soleil s'éveil, c'est pour nous élever,
Car son sens de l'honneur, a de belles références,
Et tous ses bonheurs, sont si fidèles à nous révéler,
Que son cœur nous émerveille, par sa simple présence,

Dont les merveilles nous suivent, à travers nos péripéties,
En nous prodiguant une chaleur, fait d'interdits et de conseils,
Et en nous inculquant des valeurs, avec des repères si précis,
Que leur lumière est vive, jusque dans notre sommeil !

Ainsi il veille tel un sage, avec son regard plein d'Amour,
Qui réveil en nous ce courage, dont nous avons tous besoin,
Car il a le don de nous confronter, aux défis de nos parcours
Pour nous préparer à affronter, un monde aux milles destins.

Mèman

C'est une Lionne avec un grand esprit,
Portant la couronne, d'une souche éternelle,
Dont les nutriments vont à la bouche des petits,
Tel un beau serment, aussi émouvant que naturel,

Ainsi sous son armure, il y a la tendresse d'une reine,
Se confiant par les promesses, de sa main nourrissante,
Qui terrasse par ses caresses, les chemins d'une haine,
Défiant la grâce de notre nature, et ses graines bienveillantes.

Dès lors nous avons tous besoin, de ressentir sa chaleur,
A travers des soins, voulant nous offrir un monde,
Où l'amour a le plaisir, de satisfaire tous les cœurs,
Qui éprouvent du désir, pour cette lumière vagabonde,

Dont les instincts de Louve, se vouent à servir un bonheur,
S'alliant à tout ce qui nous couve, et soutien son harmonie,
Ainsi dans ses liens se trouvent, une alliance de grande valeur,
Dont la bienveillance nous prouve, l'importance de nos vies.

Pèrpa

C’est un Lion animé par une chose innée,
Qui lui impose d’affirmer, l’autorité de sa loyauté,
Qu’il pose sans dominer, aux roses indisciplinées,
Qui s’opposent pour déterminer, l’affection de sa royauté,

Régit par une allégeance, à affilier à son cœur,
Qui s’investit dans une alliance, fait d’honneur et de ferveur,
Reliées à la vaillance, de se lier sans frayeur,
Et qui agit avec prudence, en faveur de leur bonheur,

Dont voici les mugissements qui appellent sa vigilance,
Car des proses agitées, s’exposent toujours aux dangers,
Et c’est avec l’amour d’un rugissement, qu’il ose les tempérer,
Car tout enfant est à protéger, de sa belle inconscience.

Dès lors ses belles intentions, inspirées par son entourage,
L’encouragent et lui proposent, d'exprimer ses émotions,
Telle de sages citations, créant l’essor d’un beau voyage,
Aimant tout ce qui compose, les messages d’une telle relation.

Distinctions

Parfois il y a des rôles, parfois il y a des places,
Des fois nous les frôlons, des fois nous les transgressons,
Souvent nous les prenons, pour que nos liens soient efficaces,
Mais chacun est le symbole, de tous ce que nous pouvons,

Pour le cas du géniteur, c'est celui d'un semeur,
Qui dépose ici ses graines, pour ainsi faire fleurir des fleurs,
Dans la serre d'une génitrice, qui ose se couvrir d'un cœur,
Aussi triste qu'une reine, qu'aucun bonheur n'effleure !

Puis vient le sourire avenant, d'un papa ou d'une maman,
Dont le désir de justice nous amène, au respect de nos droits,
Nous faisant sentir un environnement, complice et aimant,
Tel un délice qui nous mène, au plaisir de faire nos pas,

Pour qu'arrivent les repères, et les costumes de notre père,
Qui nous dérangent avec ses lois, aux coutumes si familières,
Puis il y a les dérives de notre mère, avec sa plume unie vers,
Qui résume à elle seule notre joie, d'être des anges de la Terre.

Assentiment

Il y a ce que l'on vit, et ce que l'on prône,
Tandis que nos vœux, sont des désirs imparfaits,
Il y a ce que l'on nous a transmis et ce qu'est notre trône,
Dont tous les enjeux, sont d'établir la paix !

Ainsi quand nos paroles ne sont pas cohérentes avec nos actes,
Difficile de comprendre l'impact, qu'ils murmurent à un enfant,
Qui scintille dans des rôles, sans en prendre la mesure exacte,
Et dont l'avis sans entracte, représente un faux consentement,

Dès lors l'autonomie de notre être, est un trésor inestimable,
Où le reflet de notre nature, brille des efforts en nos parcours,
Ainsi offrons à notre futur, les dons d'un bien-être durable,
Où ils pourront y reconnaître, les bienfaits de l'Amour.

La Lumière de l'enfant

L'Enfant a ce don, d'une subtilité inconsciente,
De plonger d'un bond, sous nos mailles étincelantes,
Pour y découvrir nos failles, aux capacités chancelantes,
Et ainsi nous offrir les détails, d'une vérité fascinante,

Telle une silencieuse demande, à investir de nos yeux,
Car il nous éclair sur un travail, fait avant tout d'introspection,
Telle une précieuse offrande, pour accomplir nos vœux,
Et nouer des retrouvailles, avec l'univers de la compassion,

Car c'est à nous de cultiver, une relation qui nous rassemble,
Et qui semble influencer, la profondeur de nos liens,
Car notre bonheur est lié, à une affection qui nous ressemble,
Et qui ose partager, ce dont nous avons tous besoin.

Cohérence Existentielle

Tu me dis que l'essentiel c'est d'aimer,
Sans jamais me montrer tes sentiments,
Tu me décris la merveille de les partager,
Sans jamais me les exprimer ouvertement,

Pourtant tu me confis, de les avoir apprivoisés,
Mais tu t'accroches aux pouvoir de tes peurs,
Et quand tu me certifies, vouloir me les dévoiler,
Pourquoi ces reproches, quand tu m'ouvres ton cœur ?

Comment veux-tu que j'honore, le trésor qu'est chaque jour,
Sans recevoir l'intimité, auxquels mes besoins aspirent ?
Comment veux-tu faire éclore, l'authenticité de mon Amour,
Sans concevoir de me donner, des soins qui me l'inspire ?

Ainsi arrêtes de m'écrire, que la vie rayonne de justesse,
Quand l'effet de sa sagesse, ne te donne que des soupirs,
Car à présent pour mon avenir, je me suis fait cette promesse,
De me nourrir jusqu'à l'ivresse, des bienfaits, d'un sourire.

Pédagogie Adaptative

Ma route s'efface, quand reviennent en mes poèmes,
Les tracent d'une attraction, envoutant mes incertitudes,
Dont les réactions tenaces, m'entretiennent dans un dilemme,
Qui est une bénédiction, secouant mes certitudes,

Ainsi elles m'embarquent, dans une méditation,
Où toutes mes difficultés, ont fait mes plus belles réussites,
Et c'est ainsi que je remarque, dans l'or de mes inspirations,
Que j'ai de belles capacités, des potentiels et des limites !

Voici donc les indications, d'une loi montrant une direction,
Et qui m'éclaire sur les médiations, d'une nouvelle façon d'éduquer,
Qui respecte les variations et les mouvements de nos relations,
Pour que l'air de mes décisions leurs soient réellement adapté.

L'Or d'une Bougie

Parfois mon monde, à cette tendance à oublier,
La voie qui féconde, l'essence de mes sentiments,
Pourtant sa voix m'inonde, de ses discrètes beautés,
Dont les fêtes sont le fondement, du sens de mes serments,

Où l'imminence d'un progrès, est une belle réussite,
Malgré tous les drames, qui dérangent mes espérances,
Et où l'immanence de la paix, est une vagabonde en fuite,
Alors que des ondes infâmes, se vengent de mon ignorance,

Ainsi dès que ses lueurs abstraites, séduisent mon bonheur,
Je sombre dans un malheur, noircissant tous ce que j'apprécie,
Telle une ombre muette, m'assombrissant de ses horreurs,
Et qui brise mes valeurs, sous l'emprise de la nuit,

Mais quand soudain mon regard se pose,
Sur les remparts de ta précieuse insouciance,
Je m'égare dans la lumineuse osmose,
Du phare divin de ton innocence,

Qui terrasse l'odieuse loi de mes mensonges,
Me noyant sous de fallacieuses terreurs,
Et qui remplace, mes cauchemars par des songes,
Dont la foi, croit en notre cœur.

Prisme

Quand je perçois avec joie, dans tes yeux immenses,
S'épanouir cette confiance, qui s'expose en ta voix,
Mes souvenirs y entrevoient, les vœux de mon enfance,
Qui reposent en la conscience, de chacun de mes choix,

Qui osent semer des roses, dans un jardin à refleurir,
Et qui aiment que j'y expose, l'univers de mes sourires,
Qui se posent en mes poèmes, et sur la terre de ton avenir,
D'un bel esprit bohème, sans dédain pour les bons plaisirs,

Dès lors je peux brandir, ce qui se dépose en mon harmonie,
Dont les vers s'inspirent, de ce qui compose ma mélodie,
Qui propose et respire, l'air sulfureux d'une symphonie,
Dont les accords ont le désir, d'être le feu, de la vie.

« Je ne rêve que d'un baiser, une étreinte.
Je n'espère qu'une main dans laquelle glisser la mienne
Et un regard tendre qui sourit. »

Tim Guénard, *« Plus fort que la haine »*

« Je lui parle de mes peurs d'être père,
Vu mes antécédents peu encourageants,
Et de ma terreur de reproduire les blessures reçues.

Marthe Robin* écoute puis répond :

Vos enfants grandiront à la mesure de votre Amour.

Cette phrase s'inscrit en moi en lettre de feu. »

*Marthe Robin est une paysanne ayant vécu la Passion du Christ
Et qui selon ses visiteurs rayonne de bonté et de vérité.

Tim Guénard, *« Plus fort que la haine »*

Depuis que je suis parent,
Le balancier de ma vie oscille de manière plus large.

Avant l'arrivée de mes deux enfants,
Je chuchotais rarement et je criais rarement.
A présent, je fais les deux tous le temps.

Avant mes deux enfants,
J'arpentais simplement le monde comme un homme.
Désormais je traine, m'accroupis, bouscule, saute sur un pied
et parcours souvent le monde à quatre pattes.

Avant mes deux enfants,
J'ignorai tous des toboggans aquatiques.
Désormais je détiens plusieurs records américains
Dans la catégorie des plus de trente-cinq ans.

Avant mes enfants, je n'entendais que le son de ma voix.
Désormais il m'arrive d'entendre l'essentiel,
Ce qui m'incite à une prompte réflexion sur moi-même.
Désormais je suis habité par deux voix intérieures.

Avant mes deux enfants, le monde était ordinaire.
Désormais il est fantaisiste, plein de promesses et de présages,
solennel et terrifiant.

Hugh O'Neill,
« Un homme appelé papa »

*J'ai changé le mot Père par Parent,et
le prénom de ses enfants par mes deux enfants.

« En toute honnêteté,
Je pense qu'aucun parent, ni aucun accompagnant,
Ne sera jamais à la hauteur de son rôle d'éducateur,

Mais je crois aussi que nous avons tous la capacité
(en tant qu'adulte),
de nous mettre à la hauteur d'un enfant
Pour que notre authenticité soit la meilleure des éducations. »

Nicolas Nogaret

« Comprenez bien, que l'Eau du Fleuve,
N'en voudra jamais à la Terre,
De l'accompagner jusqu'à l'Océan… »

N. Nogaret

D. La Famille

« La famille c'est comme les branches d'un arbre,
Nous grandissons tous dans différentes directions
Mais nos racines ne forment qu'une seule base. »

Auteur Inconnu

« Quoi qu'il arrive, une famille a toujours foi en toi,
Malgré les débâcles ou les exploits de tes campagnes,
Et sache que sa confiance t'accompagnera,
Partout où tu iras. »

N. Nogaret

« Un frère, une sœur, c'est quelqu'un
Avec qui nous avons un passé en commun,
Dans lequel nous avons partagé une partie de notre destin.

Un frère, une sœur, c'est quelqu'un
Avec qui nous choisissons d'avancer main dans la main,
Et avec qui nous vivons une relation, œuvrant pour notre bien.

Un frère, une sœur, c'est quelqu'un
En qui nous avons confiance, et qui est un soutien,
C'est un ami d'enfance, démontrant la puissance d'un lien.

Mais parfois, ce n'est pas le cas. »

Nicolas Nogaret

Transcendance

Point de départ déçu, malgré nos arts obscurcis,
Car nos victoires ont reçu, les égards de la nuit,
Loin des regards perdus de nos miroirs endurcis,
Dont la trajectoire s'est fendue, un soir d'harmonie !

Car la gloire et la mémoire, de nos vastes flambeaux,
Prétendent à un faste qui sied, aux histoires du très Haut,
Afin que nos doux espoirs, est un lien qui nous rende beau,
Même s'ils sont peints avec l'acier, des maux de nos sanglots.

C'est ainsi que les astres, nous fécondent de leur magie,
Dans la ronde d'une unité, dont les fils sont un mystère,
Qui influencent nos désastres, de leurs subtiles énergies,
Dans cette immense réalité, aux si fragiles lumières.

Ainsi nos flammes se passionnent, pour une belle synergie,
Et pour la communion des esprits, aux intentions fraternelles,
Avec lesquelles se façonne, l'union naturelle de la vie,
Car nos âmes ont l'envie, de relations éternelles.

Le Chant des Fleurs

Dans le jardin d'une osmose, où chacun à sa place,
S'allient et s'exposent, toutes nos singularités,
Tels les refrains d'une prose, aux chemins perspicaces,
Et qui relient les roses, en son espace sacré,

Où se rassemblent les pétales, d'une belle fraternité,
Et les reliefs d'un bonheur, forgé par la réciprocité,
Et où nos griefs d'asociales, engorgés d'immaturités,
S'assemblent en l'honneur, de nos futures capacités,

Pour changer nos souffrances, dévouées à notre quête,
En une aventure spirituelle, exceptionnelle et honnête,
Où les grâces du Ciel, vont dénouer notre mal-être,
Chargé des silences, qui terrassent tout notre être,

Ainsi se révèlent la renaissance, de notre sensibilité,
Qui danse dans nos corps, pouvant enfin être libérés,
Telles les mains d'un accord, qui s'élève pour dessiner,
Une toute nouvelle Alliance, où l'intimité est célébrée.

L’Ame d’un Foyer

La belle âme d’un foyer, est un projet haut en couleur,
Dont les joies et les aspects, ont une silencieuse ferveur,
Poursuivant le trajet, d’une voie aux somptueuses valeurs,
Vivant pour se déployer, telle une flamme en nos cœurs,

Répandant la chaleur, d’une ambiance conviviale,
Aux inestimables lueurs, d’une agréable luminescence,
Dont l’inexprimable bonheur, a l’effervescence si joviale,
Est l’aimable faveur, d’une admirable présence,

Ainsi s’enflamme la grandeur, de nos mesures mélodieuses,
Au cœur d’une fière demeure, aussi rieuse, qu’ambitieuse,
Que les si précieuses fleurs, de son oriflamme mystérieuse,
Dont les si délicieuses odeurs, sont de nature, affectueuse.

Tribu éducative

Au commencement, il y a une phase épique,
Fait d'intenses mouvements qui vont nous chambouler,
Avec de francs changements et des emphases magnifiques,
Telle une danse nous surprenant, par sa cadence rythmée,

Mais heureusement l'espoir, d'exprimer notre liberté,
Se trouve dans les histoires, d'une éducation à modeler,
En s'entourant de bons miroirs, formés à nous accompagner,
Pour transformer nos déboires, en un ciel bleu, étoilé,

Soutenant notre intimité, dans les soins d'une alliance,
Comprenant en nos émotions, nos envies inavouées,
Dont le prix de leur expression, est celui de la confiance.
Pour accepter la réalité, de nos besoins à combler,

Ainsi nos progrès quotidiens, s'allient à une belle tribu,
Tissant un paradis perdu, avec les ailes de leur amitié,
Qui vit dans le respect d'un lien, nous reliant aux attributs,
D'un groupe d'individu, s'investissant pour leur communauté.

Fraternelle

Dans les curieuses régions de nos jeux de sables,
Se nouent des relations, au nœud rebelle et amical,
Où les querelles sont légions, mais indispensables,
Pour les audacieuses tensions, d'une table filiale,

Où les vacheries puériles et les âneries récréatives,
Sont la plus belle perspective, pour apprendre la vie,
Telles des cendres juvéniles, menant à des prises d'initiatives,
Les amenant aux tentatives, de la gestion de leurs conflits.

Ainsi les enfants développeront, une réelle imagination,
Capable de trouver des solutions, créatives et inventives,
Mais il faut faire attention, à accompagner leur médiation,
Car son intégration, se fait de façon progressive.

Dès lors ils œuvreront, avec bonheur, pour l'harmonie,
Et leurs belles actions souligneront, le cœur de leur amitié,
Ainsi y-a-t-il une meilleure sensation, pour se sentir relié,
Que de ressentir une affection, dans laquelle on s'épanouit ?

Descendance

Il y a dans nos relations, les graines de nos filiations,
Arrosées par les transmissions, de toutes nos générations,
Teintées d'intentions, causées par la haine ou l'affection,
Dont nos interactions, forment la voûte d'un pont.

Ainsi s'élève notre progression, selon une direction,
Nous orientant vers l'union, ou bien la séparation,
Guidé par un instinct, portant les fruits de notre nom,
Et qui nous révèle le lien, entre nos actions et notre fond.

Mais qu'importe notre passé, notre terre nous appartient,
Et sous la lumière tamisée, nos joies font notre chemin,
Ainsi s'ouvre une réalité, dont la porte nous prévient,
« Découvre ton intimité, car tes choix sont les tiens »,

Dès lors nos trésors quotidiens, répondent à nos besoins,
Car nous sommes tous reliés, tels les doigts d'une même main,
Comme si les lois du destin, étaient d'accord en tout point,
Pour lier les êtres humains, à un poème commun.

Didi, Syrius, Lucky

L'arrivée d'un animal, apporte une belle énergie,
A la force si vitale, qu'elle développe nos envies,
Dérivées d'un idéal, qui nous enveloppe et fleurit,
Telle une écorce florale, où se transporte la vie !

Nous poussant à la diffusion, de généreuses intentions,
Nous demandant leur fusion, dans la sphère de nos cœurs,
Pour chasser la confusion, en toutes nos interactions,
Et aider à l'effusion, de nos lumières intérieures.

Ainsi notre heureuse affection, nous permet de nous souder,
Et de pouvoir jouer ensemble, dans des jeux animaliers,
Tel deux Loirs en relation, fous et heureux de posséder,
Des souvenirs qui ressemblent, à un Amour familier.

Les Marmots

Rencontré à l’école, ou dans notre proche voisinage,
Pour créer une farandole, de belles bougies solidaires,
Qui s’allient et se collent, telles des cloches en voyage,
Et dont l’un des symboles, est d’être une famille solaire.

Arborant les affinités, d’une communauté planétaire,
Qui dessinera son avenir, avec les fleurs de sa peau,
Car en offrant les beautés, de sa sensibilité légendaire,
Elle sait qu’elle pourra nourrir, le cœur de ses marmots,

Ainsi l’ensemble de nos lumières forme une troupe fraternelle,
Dont les couleurs transforment, les repères nous reliant,
Pour nous rassembler tels des frères, en un groupe naturel,
Dont les valeurs nous informent, sur qui nous sommes vraiment.

Les Immortels

En dehors du cercle familial existe, une dimension élargit,
Qui nous encourage à aller, vers un horizon sans fin.
Elle nous encercle sans limite, tel l'idéal d'un ami,
Dont le vert est si crucial, qu'un allié qui nous soutien.

Telles les références d'un artiste, aux valeurs pleines d'envies,
Qui nous montrent le sens, du chemin qui nous est transmis,
Par un professeur, une connaissance, une reine ou bien la vie,
Qui nous démontrent leur préférence, pour un destin choisit.

Ainsi ils favorisent en nos esprits, une prise de conscience,
Sur l'assise de notre confiance, et les échanges qu'on établit,
Car leur présence nous nourrit, d'une si bonne reconnaissance,
Qu'elle valorise nos existences et change la donne de nos vies.

L’Or Inestimable

La fleur ne remplacera jamais l’arbre,
L’arbre ne remplacera jamais le rocher,
Le rocher ne remplacera jamais le sable,
Et c’est pour cela, qu’ils sont tous sacrés !

Ainsi les substituts sont les maillons d’un poème,
Aimant s’abreuver, aux choix d’une réalité,
Dont les tons constituent, le règne d’un emblème,
Où le droit de rêver, est son plus bel allié !

Ainsi ils sont des reines, des rois, des magiciens,
Des fées, des magiciennes, qui ressuscitent un lien,
Où s’exprime une présence, qui suscite aussi notre faim,
Pour une plus intime existence, fait de joies et de soutiens,

Qui portent en eux les rimes, d’une audacieuse innovation,
Où se transportent les petits riens, d’une fabuleuse relation,
Aussi forte qu’une main, dont l’heureuse progression,
Nous apporte la cime, d’une précieuse affection.

Pourtant ces immortels, ne cessent de questionner nos paroles,
Pour nous enseigner une sagesse, qui nuance nos avis,
Car ils se reconnaissent mortels, pour améliorer leur parabole,
Et leur cohérence est une princesse, aussi belle que la Vie,

Ainsi ils ont le cœur et l'esprit des apôtres,
Dont la foi nous sublime et s'unit à un bonheur,
Qui s'appuie sur des valeurs, bien loin de nos peurs,
Et de la loi de l'abime, qui nous désuni des autres.

Dès lors leur grâce, hisse en nous, un drapeau,
Qui nous enlace chaque jour, d'un courage qui nous aime,
Et nous embrasse d'un Amour, toujours aussi beau,
Car il tisse en nos espaces, la rage d'être nous-même.

L'Héritage des Anciens

Regarde renaître en toi, ce ciel étoilé,
Où tous tes ancêtres se sont alliés à tes anges,
Pour que l'Humanité ait foi, en une quête d'unité,
Nous reliant tel un seul être, avec des ailes étranges,

Dont l'immortel trésor, est fait des efforts de chacun,
Pour que cela nous inspire, à mettre nos dons en commun,
Telles d'éternelles amphores et les poèmes d'un chemin,
Où en chaque être respire, un seul et même destin.

Nous révélant ainsi un monde, appartenant à l'Amour,
Et qui fonde son territoire, dans le royaume de nos cœurs,
Dont l'espoir nous féconde et nous embaume depuis toujours,
Du baume d'un terroir, nous apprenant le bonheur.

Alors n'oublie jamais, les chants de ton héritage,
Dont toutes les mélodies, se propagent à travers les âges,
Tels des sons discrets, ou le grondement d'un orage,
Qui font partie de la symphonie, d'un univers que l'on partage.

Le Grand Esprit

Dans les mythes transmis, à travers toute la terre,
Il existe les traces de rites, qui affirment notre appartenance,
A notre famille, à nos amies, à notre communauté planétaire,
Et qui confirme notre place, où scintillent tant d'existences,

Sacralisées par notre présence et à travers nos yeux fiers,
Où brille la connaissance, d'un profond sentiment d'amour,
Imprégné par une reconnaissance, aussi subtile que légendaire,
Car elle nourrit nos consciences de nous honorer chaque jour !

Ainsi nos cœurs sont les gardiens, des lumières du passé,
Enlacées au Grand Esprit et aux valeurs d'une harmonie,
Qui resserrent ici nos liens, avec des couleurs apaisées,
Pour que nous cultivions de nos mains, les fleurs de la vie.

Transmutation

Dans l'atome inaltérable, d'une symphonie unique,
Une belle mélodie résonne, avec la bienveillance de l'or,
Tel le morceau inoubliable, d'un esprit authentique,
Dont le fantôme rayonne, du sens de ses accords.

Poussant notre intuition, à ressentir ses intentions,
Aux vibrations incomprises, mais aux désirs d'exceptions,
Qui sont émis avec l'intonation, de partager une affection,
Enlaçant avec maitrise, la magie de nos actions.

Embrassant les évènements, d'une expansion particulière,
Nous séparant pour nous soustraire, à l'infini de nos mystères,
Pour qu'une fois sur la terre, nous sentions l'air d'une envie,
Celle d'une union familière, qui est l'expression de la vie.

« Les générations innombrables passent
Comme des feuilles d'automne :

Seul l'Amour est éternel,
Seul l'Amour ne meurt jamais… »

Harry Kemp,
La fleur qui passe

Pour Aller
Plus en profondeur

« Parce qu'un parent a envie de donner
Le meilleur à son enfant, il va être plus enclin
À remettre en questions ses conditionnements. »

Catherine Maillard

« Savoir expliquer de façon simple, une chose complexe,
C'est être sûr de l'avoir comprise »

Nicolas Nogaret

L'Or

Consonances : La naissance est un des points commun à tous les êtres humains. Dès lors, il est important de créer les conditions optimales pour que la mère et l'enfant vivent cette expérience sacré de la manière la plus sereine possible car elle pourrait peut-être avoir une influence sur notre destin. **p. 38**

L'Avènement : Et si l'un des sens de notre existence était d'apprendre à exprimer notre sensibilité et de prendre conscience de notre responsabilité vis-à-vis du bonheur, de la paix et de l'Amour existant dans le monde ? **p. 39**

A la Lumière Tamisée: C'est un hommage à tous les bébés. J'ai aussi pensé à ceux qui sont né de façon prématurée ou avec des complications et qui ont survécu car ils sont une preuve supplémentaire que les miracles existent. **p. 40**

L'Accueil Chaleureux: C'est un poème pour me rappeler l'importance de l'accueil, et aussi le fait que nous descendons tous d'une lignée, ayant vécu de génération en génération sur terre et pour lesquelles nous sommes la dernière feuille de leur arbre généalogique. Si ce n'est pas impressionnant ! **p. 41**

Le Cri d'un Ange: Les pleures sont l'un des moyen pour le bébé de communiquer ses besoins non satisfaits (manger…) et différentes études ont démontré, qu'une présence aimante est vitale pour sa survie et son développement.
(J. Bowlby, sentiment d'attachement). **p. 42**

Une Berceuse: Des études ont montrées qu'une fois adulte, si nous entendons la musique ou le chant d'une berceuse de notre enfance, cela réactive le bien-être que nous avons pu ressentir à ce moment-là, idem pour les câlins. **p. 43**

des comportements, des cultures, des idéologies, une façon d'être, de raisonner, d'aimer, de voir le monde, de nous percevoir, de communiquer et parfois même des traumatismes… Qui leur auront aussi été transmis par leurs parents, leur famille, leur société…etc…Et ces transmissions nous allons bien souvent les apprendre par mimétisme et de manière totalement inconsciente, d'où l'importance de la façon d'être de ceux qui vivent avec un enfant ainsi que le fait d'œuvrer pour que l'être humain devienne autonome pour réfléchir par lui-même et choisir ce qu'il veut transmettre.

Pour définir le mimétisme, je me suis appuyé sur un article parlant du livre, « cet autre qui m'obsède » de Jean-Michel Oughourlian, Neuropsychologue.

Sa définition du mimétisme : « C'est un mouvement spontané qui s'établit entre deux êtres humains - et qui concerne aussi un certain nombre d'espèces animales.

On commence à imiter dès notre naissance et on continue à le faire tout au long de notre vie. Les bébés et les enfants imitent de manière instinctive et j'ai découvert que les adultes aussi. »

Je rajouterai que de nombreuse études en neurobiologie ont démontré que nous avons aussi des neurones miroirs qui permettent d'être en compassion ou en empathie avec une autre personne, par exemple : je vois quelqu'un se couper le doigt et j'ai mal comme si cela m'arrivait. Je vois quelqu'un pleurer, je ressens de la tristesse…etc….

Finalement, nous sommes tous (en partie) la somme de ce qui nous as été transmis de génération en générations jusqu'à ce que nous en ayons conscience et que nous choisissions. **p. 53**

De Cœur à Cœur : Je crois qu'il est essentiel d'accompagner enfants et adultes vers l'apprentissage de l'identification, de la traduction et de l'expression de leurs émotions.

J'ai donc choisi, la Communication Non Violente ou la Communication Sensible qui a été créé par le psychologue Américain, Marshall Rosenberg dans les années 1960 / 1970, et qui repose sur la bienveillance et l'empathie.

La CNV est fondées sur l'écoute et l'expression des besoins, qui permettent à chacun de maintenir un dialogue ouvert dans un contexte personnel ou professionnel.

La CNV s'articule autour de 4 étapes:

Observation (O) : décrire la situation sans juger.

Sentiment (S) : exprimer les sentiments et attitudes suscités dans cette situation en employant le « je ».

Besoin (B) : identifier et exprimer les besoins.

Demande (D) demander des actions concrètes afin de satisfaire nos besoins immédiats, ou de mettre en place une solution si ce problème venait à se (re)produire. **p. 54**

Bordure Dorée: Laisser tout faire à un enfant est une dangereuse illusion car s'il se met en danger nous devrons forcément poser des limites. De plus, cela peut créer en lui un sentiment de toute puissance ou d'insécurité.

L'enfant a besoin d'un cadre juste, clair et sécurisant dans lequel il pourra apprendre à se connaitre et à découvrir le monde qui l'entoure en toute confiance car il est comme une rivière dont les digues l'empêchent d'être submergé. **p. 55**

Culture Sauvage : Pour l'enfant, l'adulte est un spécialiste, c'est donc à lui de trouver une forme simplifiée pour expliquer les choses de façon à ce qu'il les comprenne, mais sachez que vous n'avez pas à répondre à toutes leurs questions, dire je ne sais pas est aussi essentiel, tout comme leur montrer comment trouver des réponses (selon leur âge) par eux-mêmes, ce qui développera leur précieuse Autonomie.

L'un des outils les plus anciens dont nous disposons pour accompagner le développement d'un enfant est le conte de fée. Voici quelques extraits de l'excellent et enrichissant livre « Psychanalyse des contes de fées » de B. Bettelheim :

« Comme l'a montré Piaget, la pensée de l'enfant est animiste jusqu'à l'âge de la puberté. »

L'animisme est une attitude consistant à attribuer aux choses une âme analogue à l'âme humaine.

« Pour la pensée animiste, les animaux, non seulement ressentent et pensent comme nous, mais les pierres elles-mêmes sont vivantes. Pour l'enfant de huit ans le soleil est vivant parce qu'il donne la lumière. »

« Si nous nous plaçons à un point de vue d'adulte, et dans les termes de la science moderne, les réponses fournies par les contes de fées sont plus fantastiques que réelles.

Comme on peut s'y attendre, ces solutions semblent si incongrues aux yeux de nombreux adultes (qui sont devenus étrangers aux moyens par lesquels les enfants expérimentent le monde) qu'ils refusent de transmettre à l'enfant des informations aussi « fausses ».

Cependant, les explications réalistes sont d'ordinaire incompréhensibles pour l'enfant qui est dépourvu de la faculté d'abstraction qui seule peut leur donner quelque sens.

L'adulte lorsqu'il donne une explication scientifiquement juste, croit clarifier les choses pour l'enfant alors que ces explications le laissent désemparé, dépassé et intellectuellement vaincu. »

« Lorsqu'ils essaient de faire accepter à l'enfant des explications scientifiques correctes, les parents ne tiennent aucun compte des découvertes qui ont été faites sur les processus mentaux des enfants.

Ces recherches, et en particulier celles de Piaget, prouvent de façon convaincante que le jeune enfant est incapable de comprendre les deux concepts abstraits essentiels de la permanence de la quantité et de la réversibilité :

Ils ne comprennent pas, qu'une même quantité d'eau puisse atteindre un niveau plus élevé dans un récipient étroit que dans un autre plus large ; de même ils ne comprennent pas que la soustraction est le processus inverse de l'addition.

Tant que l'enfant est incapable d'assimiler des concepts abstraits de ce genre, il ne peut avoir du monde qu'une expérience subjective. Les explications scientifiques exigent une pensée objective.

La recherche théorique et l'exploration expérimentale ont montré qu'aucun enfant d'âge préscolaire n'est vraiment capable de saisir ces deux concepts sans lesquels toute compréhension abstraite est impossible.

Au cours de ses premières années, jusqu'à l'âge de 8/10 ans, l'enfant ne peut se former des concepts hautement personnalisés qu'à partir de ce qu'il expérimente.

Il lui parait donc naturel, puisque les plantes qui poussent sur cette terre le nourrissent comme le faisait sa mère, de considérer la terre comme une mère, ou comme une déesse-femme, ou, au moins, comme la demeure de cette déesse. »

« Il est donc important de ne pas oublier que seules les affirmations que l'enfant peut comprendre dans les termes de ses connaissances du moment et de ses préoccupations affectives peuvent emporter sa conviction. » **p. 56**

La Saveur d'un Souvenir: Les goûter tout comme les desserts sont essentiels à nos vies car ils créent des souvenirs que nous nous rappellerons avec nostalgie. Magique ! **p. 57**

L'évidence Enfantine: Ode à la confiance en l'autre qui est si naturelle chez les enfants et aussi à la bienveillance qui peut rallumer dans n'importe quel cœur, une flamme dont le feu peut être partagé avec abondance. **p. 58**

La Magnificence des Enfants : Un enfant à cette spontanéité qui peut parfois être déroutante pour les adultes mais tellement enrichissante quand elle est emprunte de joie et d'affection. Et c'est cette joie de vivre que nous devons les aider à honorer ainsi qu'à préserver en tant qu'accompagnant car c'est l'essence même de la vie que nous pouvons observer. **p. 59**

Apprends-Moi : Je me suis amusé à me rappeler de l'enfant que j'avais été pour savoir ce qu'il aurait pu demander à ses parents pour qu'ils l'accompagnent à grandir. **p. 60**

Atmosphères: J'ai essayé de dépeindre l'atmosphère dans lequel un enfant maltraité peut grandir, j'ai aussi partagé quelques clés de compréhension sur les causes amenant un parent à maltraiter un enfant car malheureusement, bien souvent les adultes maltraitants sont parfois d'anciens enfants maltraités ou des adultes en très grande souffrance. En avoir conscience, c'est pouvoir tenter d'agir de façon ciblée. **p. 68**

Métamorphoses: C'est un hommage aux adultes qui ont survécu à la maltraitance quand ils étaient enfant et qui malgré tout ont choisi la vie. Ils ont choisi la vie en prenant le temps de reconnaitre leurs blessures, en prenant le temps de les soigner, en intégrant leur passé, en refusant de reproduire ce qu'ils avaient pu connaitre, pour pouvoir ensuite partir à la découverte de ce qu'ils n'avaient jamais reçu : Amour, tendresse, respect, reconnaissance…

Il en faut du courage pour oser une telle démarche et je vous invite donc à lire *plus fort que la haine*, de Tim Guénard qui éclairera d'autant mieux mon propos. **p. 69**

La Lune : Dans différentes traditions, cultures ou religions à travers le monde, la lune symbolise la vie intérieure (émotion, sentiment, intuition, bienveillance…), la grâce, la légèreté et la maternité (avec sa lunaison), elle représente aussi la part féminine de l'être humain et je pense que mettre au cœur de l'éducation le développement des capacités de cette part de nous-même, nous rendrait plus réceptif et plus sensible à ce dont nous avons véritablement besoin, ce qui entrainerait forcément à différents niveaux une sacré évolution. **p. 70**

Lunaison : L'énergie féminine sait s'affirmer autant que l'énergie masculine, car ses 2 énergies sont complémentaires. Dans ce poème, j'ai voulu casser l'image idéalisée que nous pouvons avoir d'une mère pour lui redonner toute sa singularité et donc son Humanité. Le titre de ce poème est dû à ma fascination pour les ressemblances entre une lunaison (Intervalle de temps compris entre deux nouvelles lunes consécutives, dont la durée moyenne est de 29 jours) et le fonctionnement du corps féminin car j'ai cette impression que le corps d'une femme à un lien très subtil et intime avec l'énergie de la nature et plus précisément de la lune. **p. 71**

Le Soleil : Le soleil symbolise l'énergie masculine, la discipline, l'action, la concrétisation… car il représente sur terre, un repère visible et régulier, qui nous indique à quel moment de la journée nous sommes. Il nous demande d'oser briller, de nous affirmer et d'être une source de chaleur, œuvrant en coopération avec d'autres éléments pour que la vie sur Terre puisse exister. Dans le Taoïsme, le Ying et du Yang sont deux énergies qui ont besoins l'une de l'autre et qui symbolise la Lune et le Soleil. **p. 72**

Mèman et **Pèrpa** : C'est un hommage aux mamans et papas, aux mères et aux pères, qui ont appris à devenir parents.
Je parle dans ses poèmes de nos instincts maternels et paternels (qui peuvent dysfonctionner), je dévoile le besoin de certains accompagnants d'avoir des soutiens bienveillants, qui est dans l'esprit d'un proverbe Africains que j'affectionne et qui dit, « il faut tout un village pour élever un enfant »
et je rappelle que notre façon d'être est importante. **P.73 et 74**

Distinctions : J'ai écrit ce poème car je pense qu'il est parfois nécessaire de connaitre les différentes caractéristiques des rôles de géniteur / papa / père et de génitrice / maman / mère pour pouvoir les distinguer et faire preuve d'un discernement Remettant les choses à sa véritable place.

Un Géniteur / une Génitrice, sont ceux qui ont apporté le spermatozoïde et l'ovule permettant de créer la Vie.

Un Papa / une Maman sont ceux qui ont su jouer, aimer, émerveiller et protéger leurs enfants.

Un Père / une Mère sont ceux qui ont transmis des valeurs, des repères, ou même des pratiques permettant à l'enfant une fois adulte de pouvoir vivre sa vie. **p. 75**

Assentiment : Aujourd'hui, nous savons que les enfants apprennent en partie par mimétisme (voir définition p. 85), dès lors notre façon d'être devient la première des éducations et la cohérence entre ce que nous souhaitons leur inculquer et nos comportements deviennent ainsi essentiels. De plus, pour les aider dans leur apprentissage, je pense qu'il est bon de savoir que nous avons tous une Mémoire visuelle et auditive, et que connaitre celle qui leur correspond, nous permettra de mettre en place les outils les plus adaptés. (*tous les enfants peuvent réussir,* d'Antoine de La Garanderie) **p. 76**

La Lumière de l'enfant : Je ne sais comment cela se fait mais j'ai pu observer que les enfants avaient cette capacité à ressentir inconsciemment nos difficultés (fatigue, manque d'autorité, d'exprimer nos émotions…) et de nous les faire mettre en lumière, quand nous prenons la responsabilité de nos ressentis, de nos besoins et de notre rôle d'adulte. **p. 77**

Cohérence Existentielle : J'ai voulu montrer certains contrastes qui peuvent se révéler, quand nous observons la cohérence entre nos paroles, nos comportements et nos actes. Surtout quand nous parlons d'Amour ou de valeur comme le respect, la bienveillance…etc...et que nous ne comprenons pas pourquoi nos enfants ou adolescents n'ont pas développés de telles capacités, pourtant si essentielles. N'oublions pas que les chiens ne font pas des chats, sauf exception. **p. 78**

Pédagogie Adaptative : Vous n'avez qu'à vous observer pour réaliser tout ce qui vous constitue mais aussi ce qui est essentiel. Dès lors en prenant conscience de cela choisir ou créer une pédagogie répondant aux réels développements de l'enfant et à ses besoins me parait être un formidable projet.

Mais attention, nous avons tous notre histoire, et si vous essayez de mettre en place une pédagogie avec laquelle vous n'êtes pas à l'aise ou en laquelle vous ne croyez pas, elle ne fonctionnera pas et créera plus de mal que de bien. **p. 79**

L'Or d'une Bougie : Parfois, il me suffit d'observer des enfants vivre, courir, jouer… pour me rappeler de ce qui est essentiel (simplicité, l'émerveillement…) **p. 80**

Prisme : Quand je vois les yeux d'un enfant s'illuminer de joie ou de surprise, quand je l'observe dans toute sa simplicité et sa spontanéité, je ressens toute la puissance de ce petit être.

C'est ainsi que parfois, j'aimerai retrouver quelques une de ces qualités qui embellissent tant le monde. De plus, un enfant est pour moi une source de motivation, il influence mon envie de donner le meilleur de moi-même et d'œuvrer pour un monde où il ferait bon vivre. **p. 81**

D. La Famille p. 85

Transcendance : Sommes-nous les pièces d'un même puzzle ? Suivons-nous une destinée, nous permettant une évolution personnelle pour un bien-être Universel ?

Même si la Destinée peut nous laisser croire que tout serait déjà écrit, il existe ce que nous appelons notre « libre arbitre » qui peut tout changer. **p. 87**

Le chant des Fleurs : Imaginons que nous ayons choisit les membres de notre famille (avec leurs qualités, leurs défauts…) pour découvrir, apprendre et développer ensemble ou seul, les capacités qui nous permettraient de créer un monde où l'amour et la paix régneraient.
Cela ne vous laisserait-t-il pas songeur ? **p. 88**

L'Ame d'un Foyer : L'endroit dans lequel nous vivons et les personnes avec qui nous habitons, nous influence, dès lors vivre dans une ambiance enrichissante, où nous nous sentons aimé, reconnu, apprécier, soutenu…etc… Ne devient-il pas un objectif essentiel ?

Extrait de Terre des hommes d'Antoine Saint-Exupéry :

« Ah ! Le merveilleux d'une maison n'est point qu'elle vous abrite ou vous réchauffe, ni qu'on en possède les murs. Mais bien qu'elle ait lentement déposé en nous ces provisions de douceur. Qu'elle forme, dans le fond du cœur, ce massif obscur dont naissent, comme des eaux de source, les songes… » **p. 89**

<u>Tribu éducative</u> : L'arrivée d'un enfant bouleverse nos repères, et il faudra forcément un temps d'adaptation pour trouver un juste équilibre, malgré qu'aujourd'hui, nous vivions souvent loin de personnes ressources qui pourraient nous épauler. Élever et éduquer un enfant, sera toujours une affaire de groupe. Les enfants sont l'avenir de l'Humanité et ils ont besoin tout comme leurs parents d'un lien social fait de transmission, d'entraide et de soutien car comme le dit si bien ce proverbe Africain: *Il faut tout un village pour élever un enfant* **p. 90**

<u>Fraternelle</u> : Jouer et faire des bêtises pour un enfant est une façon d'apprendre la vie. De plus cela crée bien souvent des souvenirs inoubliables pour toute la famille (dessin sur les murs, déguisements, chat dans le noir…), ainsi tant qu'il n'y a pas une mise en danger de soi ou des autres, il n'y a rien de grave et n'oublions pas que tout conflit est une occasion pour apprendre à les gérer et à gagner en maturité. **p. 91**

<u>Descendance</u> : L'ambiance, les relations et le mode de communication au sein d'une famille, ont de grandes chances d'influencer les perceptions et les relations d'une fratrie mais ce que je trouve le plus intéressant, c'est que bien souvent ses fonctionnements nous sont transmis, de génération en génération, de la part de nos descendants. C'est ainsi que je réalise la force des transmissions invisibles et leur importance. **p. 92**

Didi Syrius Lucky : Une belle relation entre un être humain et un animal est magnifique, car voir des êtres, d'espèces différentes, capables de s'aimer, de s'adapter l'un à l'autre et de vivre ensemble est juste incroyable. Ainsi quand un animal entre dans un foyer, c'est un enrichissement pouvant aider un enfant à développer sa maturité, en apprenant à prendre soin de l'animal… N'est-ce pas l'une des plus belles façons d'apprendre à se responsabiliser ? **p. 93**

Les Marmots : Les enfants sont notre avenir et vu notre époque, je crois bien que les générations futures devront (ré)apprendre à renouer un véritable lien avec la terre, les animaux, les quatre éléments, la vie, eux-mêmes.

J'espère qu'ils considèreront cette planète bleue comme leur maison et qu'ils en prendront soin, j'espère qu'ils comprendront que tous les êtres humains font partie d'une même espèce et qu'ils cultiveront un sentiment de responsabilité et d'appartenance universel, tout en étant fier de leur culture et de leur pays. J'ai beaucoup d'espoir en les enfants et les adolescents, d'aujourd'hui. **p. 94**

Les Immortels : Des personnes extérieures au noyau familial peuvent jouer un rôle crucial dans notre vie car par leur rencontre, et grâce à leur façon d'être, de penser ou de vivre, ils nous ouvrent à un nouveau monde, qui nous fait découvrir d'autres horizons. C'est ainsi qu'ils deviennent pour nous, à jamais des immortels. **p. 95**

L'Or Inestimable : Grace à des personnes de confiance venant de l'extérieur du cercle familial, l'enfant ou l'adolescent pourra découvrir un monde différent de ce qu'il a toujours connu, ce qui lui permet de s'ouvrir à de nouvelles possibilités, de se poser des questions…etc

C'est ainsi qu'en allant voir ce que le monde a, à lui proposer, qu'il saura apprendre à distinguer ce qui lui convient et ce qui ne lui convient pas, ce qu'il aime et ce qu'il n'aime pas, ce qu'il veut et ce qu'il ne veut pas.

De plus, quand un enfant ou un adolescent grandit dans une famille avec des relations dysfonctionnelles ou maltraitantes, l'extérieur est souvent son seul véritable espoir, pour réaliser que ce qu'il vit n'est pas normal et qu'autre chose de bien plus bienveillant existe. **p. 96**

L'Héritage des Anciens : Nous sommes tous le fruit de millions de transmissions qui nous relient au passé, au présent et au futur de l'Humanité. **p. 98**

Le Grand Esprit : Dans de nombreuse cultures, il existe des rites d'initiations (ou de passage) qui sont des étapes cruciales pour la maturité d'un être humain car elles lui permettent de se découvrir sur les plans: personnel (dons, limites...) ou social (rôle, responsabilité…) et de ressentir un sentiment d'appartenance essentiel pour avoir l'envie d'œuvrer au bien-être de la communauté. **p. 99**

Transmutation : Changement, transformation totale d'une chose en une autre. **p. 100**

L'Essentiel :

Un bébé, un enfant, un adolescent
Sont des êtres humains à part entière
avec leur propre développement

Ils ne sont pas des adultes miniatures,
Ils sont enfants en train de se construire,
Et ils sont notre avenir !

De plus, nous l'avons tous été.

Désirer vivre en Paix est l'élan permettant
De chercher, de trouver et d'incarner
Des idéaux et des valeurs respectant
La Vie, l'Humanité et les êtres vivants.

Faire un travail de discernement sur la façon
Dont nous avons été éduqués / aimés est important.

La communication non verbale, corporelle,
vibratoire, émotionnelle…avec un bébé, un enfant,
Un adolescent, entre adultes, avec des animaux… existe.

Communiquer nos émotions et nos besoins
Nous permet de revenir à l'essentiel.

Devenir parent / accompagnant cela s'apprend.

Nous faisons tous partie d'une lignée
Avec ses transmissions générationnelles.
(Génétique, matériel, psychologique, relationnelle…)

Avant nous disions que
Les familles formaient le socle d'une société,
Et que les individus qui constituaient cette société
Avaient pour socle principal leur famille.

Donc les individus qui font la société d'aujourd'hui,
Ont les bases que leur famille leur a transmises,
Et que l'école leur a apprise.

Alors en observant notre société
Que pouvons-nous en conclure ?

Aimer et être aimé est un besoin
Pour tous les êtres humains, voir tous les êtres vivants,
Alors savoir ressentir et partager de l'Amour,
Devrait être la priorité de chaque individu !

Bibliographie

Éloge de la chance ou l'art de prendre sa vie en main,
Broché, 5 avril 2012

Ekman, P., & Friesen, W. V. (1971).
Constants across culture in the face and emotion.
Journal of Personality and Social Psychology

Fischer, Manstead, Everts, Timmers, et Valk.Motives,
the regulation of emotion, 2004

Les émotions du normal au pathologique
Stéphane Rusinek, dunod, Paris, 2004

Vivre en paix et Le Défi Positif de Thierry Janssen.

L'enfantement conscient, guide pratique et théorique,
Elfi Reboulleau

Le livre de la réincarnation,Joseph Head et S. L. Cranston

Un merveilleux malheur, Boris Cyrulnik

Plus fort que la Haine, Tim Guénard

Le prophète, Khalil Gibran

Cet autre qui m'obsède, Jean-Michel Oughourlian

La Puissance de la Joie, Frédéric Lenoir

Transmettre, ce que nous apportons les uns les autres,
Édition l'iconoclaste, Paris, 2017,
Céline Alvarez, Christophe André, Catherine Gueguen,
Ilios Kotsou, Fréderic Lenoir, Caroline Lesire,
Fréderic Lopez, Matthieu Ricard

Le cri primal, d'Arthur Janov

Votre corps à une mémoire, Myriam Brousse

Le Dao de jing, parfois écrit Tao te king,
classique chinois qui, selon la tradition, fut écrit par Lao Tseu,
le sage fondateur du taoïsme.

Pieds nus sur la terre sacrée, textes rassemblés par Mc Luhan

Psychanalyse des contes de fées, Bruno Bettelhem

Tous les enfants peuvent réussir,
Antoine de La Garanderie

Terre des hommes, Antoine de St Exupéy

Texte : Déclaration Des Droits de l'Enfant,
daté du 20 Novembre 1959 (texte intégral)

Je vous invite à lire la lettre de
Adan Jodorowsky à son père Alejandro Jodorowsky.

« J'espère que ce livre vous aura enrichi »

Nicolas Nogaret

« T'Aimi Meu Familha ! »

« Mercé »

Contacts

Si vous avez des questionnements,
Des critiques constructives,
Des propositions artistiques…

E-mail : prendreletempsderessentir@outlook.fr
ou
Page Facebook : Mettre dans le moteur de recherche :
l'or, le feu, l'un

La suite avec… **Le Feu** et **L'Un**

Printed in Poland
by Amazon Fulfillment
Poland Sp. z o.o., Wrocław
06 July 2022

fbaf8572-796b-4676-971a-5504953c7298R01